Fred Flamingo

PLANET DER UNSTERBLICHEN

Text und Zeichnung: René Lehner

CARLSEN VERLAG

CARLSEN COMICS
Lektorat: Andreas C. Knigge und Uta Schmid-Burgk
1. Auflage November 1992
© Carlsen Verlag GmbH · Hamburg 1992
ORIGINALAUSGABE
Copyright © 1992 by René Lehner und Carlsen Verlag GmbH, Hamburg
Redaktion: Klaus Strzyz
Druck und buchbinderische Verarbeitung:
Stiewe Offset, Berlin
Alle Rechte vorbehalten
ISBN 3-551-01352-7
Printed in Germany

VIRTUELLE REALITÄT

(Virtual Reality)
Funktioniert vermittels ausgeklügelter Rechnerprogramme. Sensoren und Monitoren ermöglichen es dem Spieler, einen im Computer existierenden kybernetischen Raum zu erleben. Mit speziellen Brillen und Handschuhen kann jeder sich in dieser Wunschwelt bewegen, als gäbe es sie tatsächlich.

EIN TOTER PLANET MIT GUTEN VORAUS-SETZUNGEN FÜR ZUKÜNFTIGES LEBEN!

SEINE CHEMISCHE EVOLUTION IST ABGESCHLOSSEN, UND DAS ATMOSPHÄRISCHE GLEICH-GEWICHT IST IDEAL. DAS EINZIGE, WAS IHM FEHLT...

...SIND EIN PAAR BAUSTEINE DES LEBENS!

HIER IN DIESER KAPSEL SIND DIESE BIOLOGISCHEN BAUSTEINE ISOLIERT VORHANDEN. SOBALD GEWISSE ATMOSPHÄRISCHE WERTE WIE TEMPERATUR, FEUCHTIGKEIT USW. ERREICHT WERDEN, ÖFFNET SICH DAS GERÄT...

...UND GIBT EINE ZUR TEILUNG BEFÄHIGTE "URZELLE" FREI. DAMIT WIRD DANN DER GRUNDSTEIN FÜR ZUKÜNFTIGES LEBEN GELEGT, DAS NACH MILLIONEN VON JAHREN DEN PLANETEN BEWOHNEN WIRD!

UND WIR SOLLEN DIESES DING DA HOCH-BRINGEN?

GENAU! HIER IST EURE REISEROUTE. IHR BRAUCHT DIE KAPSEL NUR IN DIE UMLAUFBAHN ZU BRINGEN, UND ALLES ANDERE GESCHIEHT AUTOMATISCH!

KEIN PROBLEM!

DAS IST DOCH EIN STAATLICHER AUFTRAG, NICHT WAHR? DAS HEISST, ER WIRD GUT BEZAHLT...

ÄH...ÖH... LEIDER NICHT! MEIN BUDGET IST ZIEMLICH KLEIN!

ABER...ähm...DU WEISST JA, ES IST EINE EHRE, DER WISSENSCHAFT DIENEN ZU DÜRFEN! DOCH IMMERHIN KÖNNEN WIR EUCH EIN PAAR TREIBSTOFF-GUTSCHEINE GEBEN!

DIE SIEBEN RATEN BLEIBEN ALSO WEITER OFFEN. DIE BANK WIRD SICH FREUEN!

WIRD WOHL NICHTS AUS DEM LICHT-WANDLER!

ÖLVER-DICHTER ADE!

WANN WILLST DU DIE KAPSEL DA HINBRINGEN, FRED?

KEINE AHNUNG! WIR WARTEN, BIS WIR EINE FAHRT IN DIE GEGEND KRIEGEN, UND ERLEDIGEN DEN JOB NEBENBEI!

HEUTE NACHT HABEN WIR ÜBRIGENS TAXIDIENST. VIELLEICHT ERGIBT SICH DA EINE GELEGENHEIT!

NACHTDIENST! ACH, DU DICKES EI!

STUNDEN SPÄTER, TIEF IN DER NACHT...

WO BLEIBT MEIN BIER?!

...IN EINER SCHUMMRIGEN KNEIPE AM SÜDLICHEN ENDE DER MONOSTATION LUNA IV...

NICHTS DA! DU HAST GENUG FÜR HEUT!!!

BRING MIR UND MEINEM FREUND SOFORT NOCH EIN BIER!

ABER -hips- DALLI!!

SONST HAUEN WIR HIER ALLES KURZ UND KLEIN!

GOTT, IST DIESER TYP HÄSSLICH... GRAUENHAFT!

Hips!

FÜR EUCH TYPEN IST SCHLUSS! KLAR?!

NEIN ...IGITT... DEN KLEINEN FASS' ICH NICHT AN! SO WAS EKLIGES!

DRiiiNG

WIE... äh... EINE FAHRT ZUM MOND? WIR KOMMEN SOFORT!

SCHEISS-JOB!

MACHT BLOSS, DASS IHR HIER WEG-KOMMT!

TOF

UND LASST EUCH HIER NICHT WIEDER BLICKEN, KLAR?!

GUTEN ABEND, DIE HERREN!

BEEHREN SIE UNS BALD WIEDER!

OUUU... MEIN SCHÄDEL...

...BRUMMT!

SCHÖN, WIEDER ZU HAUSE ZU SEIN!

HE, PSSST! BIST DU WIEDER IN DEINEM KÖRPER?

KLAR! MEIN KOPF DRÖHNT ZWAR NOCH EIN BISSCHEN...

IHR TAXI IST DA!

6

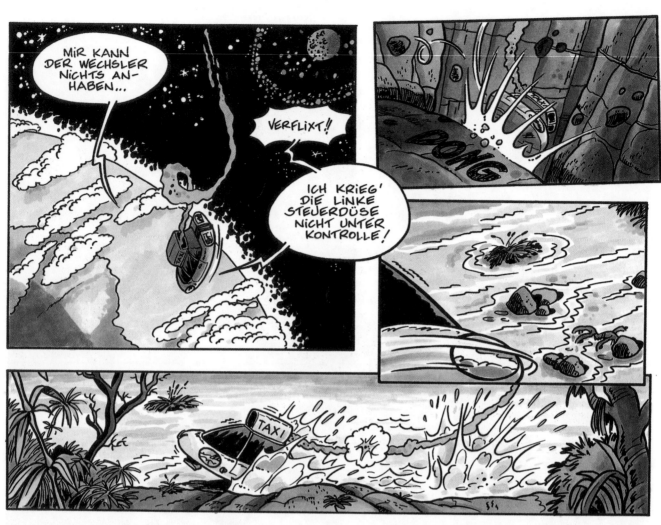

ICH KRIEG' KEINEN KONTAKT ZUR POSITIONSLEITSTELLE ODER ZU SONST 'NER WELTRAUMSTATION...

KEINE ANGST! ICH BIN'S WIRKLICH... EUER FRED!

WIE GEHT ES DIR?

SO LALA! ÄH... WO IST DIESER WECHSLER?

KEINE AHNUNG...WEG! UND SEIN HÄSSLICHER FREUND AUCH!

DANN HABEN WIR JA NOCH MAL GLÜCK GEHABT!

WIR SOLLTEN LIEBER VORSICHTIG SEIN! ICH KÖNNT' MIR DENKEN, DASS DIE BEIDEN NOCH IN DER NÄHE SIND!

DAS TAXI DRUCKT GERADE DIE SCHADENSMELDUNG AUS. SCHAU SIE DIR MAL AN, VICO! DU BIST HIER DER BORDMECHANIKER!

Tic Tic Tic Tic Tic Tic

Mmhh... AUF EINIGES KÖNNTEN WIR VERZICHTEN, UND DAS MEISTE REPARIERE ICH SELBER!

BLOSS EINEN MAGNETBLOCK FÜR DIE SEITENDÜSE, DEN BRAUCHEN WIR UNBEDINGT!

DU MACHST MIR SPASS! WO SOLLEN WIR HIER SO WAS AUFTREIBEN?

DER PLANET MUSS BEWOHNT SEIN. ICH ORTE LEBEWESEN... RICHTUNG NORDEN...

DANN LASST UNS HINGEHEN! VIELLEICHT KÖNNEN DIE UNS HELFEN!

DER PLANET HAT EIN MAGNETFELD, ALSO SOLLTE ES HIER AUCH MAGNETISCHES MATERIAL GEBEN!

OKAY, NICHTS WIE LOS!

FÜR MICH AUCH, WIRT, ABER WAS KRÄFTIGES! 30 JAHRE HABE ICH NUR WASSER GEKRIEGT!

DARF ICH EUCH TARZUK VORSTELLEN? DER GUTE HAT LANGE IM KNAST GEBRUMMT!

ICH HABE VERSUCHT, DEN KÖNIG ZU STÜRZEN. HAT ABER NICHT GEKLAPPT!

SCHAU, SCHAU, WER KOMMT DENN DA? ICH GLAUB' ES NICHT!!

HALLO, JUNGS!!

TARZUK, ALTES HAUS! TRINKEN WIR EIN GLAS AUF DEINE FREIHEIT!

NUR ZU, MAJESTÄT!

EIN TOAST AUF DIE BOMBE, DIE DU MIR INS KLO GELEGT HAST!

Hahahaha, DAS WAREN ZEITEN!

NÄCHSTES MAL SCHAFF' ICH ES BESTIMMT!

?

ABER NICHT MIT MIR! ICH WECHSLE DIESMAL DIE BRANCHE. HAB' SCHON IMMER DAVON GETRÄUMT, FISCHHÄNDLER ZU WERDEN!

EINE LETZTE LOKALRUNDE FÜR MEINE UNTERTANEN!

DU, FRED, IRGENDWIE VERSTEH' ICH DIE LEUTE NICHT...

ICH DENKE, DIE SIND EINFACH NUR NETT!

KLAR DOCH! DAS SIND WIR IMMER SO KURZ VOR DEM UNTERGANG!

UNTERGANG!?

NA, HEUTE SIND WIEDER MAL 100 JAHRE UM! DANN FÄLLT HIER ALLES ZUSAMMEN!

DIESE TYPEN EBEN WAREN MIR ECHT NICHT GEHEUER...

SCHAU MAL, VICO, DIE KIPPEN GELD WEG!

GREIFT RUHIG ZU, FREMDE! ICH KANN ES SOWIESO NICHT MEHR BRAUCHEN!

KOMM JETZT! WIR MÜSSEN DAS TAXI FLICKEN!

EIN GLÜCK, DAS GUTE STÜCK IST NOCH DA! MACH DICH GLEICH AN DIE ARBEIT!

NOCH DREI STUNDEN!

PILS ÜBERPRÜFT DIE PROGRAMME, UND ICH FLICKE DIE SEITENDÜSE!

WAS MACHT IHR DENN HIER?

OH...ÄH... WIR REPARIEREN UNSER RAUMSCHIFF.

WAS ES AUCH IST, FREMDE, ES HAT KEINEN SINN, IN EIN PAAR STUNDEN WIRD HIER ALLES ZERSTÖRT!

DAS HABEN WIR GEHÖRT. ABER WIR WOLLEN VORHER NOCH VON HIER WEGFLIEGEN!

JA, DAS WÜRDE ICH EUCH AUCH EMPFEHLEN. EINE GUTE REISE DANN...

WARUM ABER SEID IHR EIGENTLICH NOCH HIER, WENN ALLES UNTERGEHEN SOLL?

ICH SEH' SCHON, IHR KOMMT AUS DEM REICH HINTER DEN STERNEN. IHR WISST NICHT, DASS WIR AUF NAZATEK **UNSTERBLICH** SIND.

HÄ? ALSO, JETZT KAPIER' ICH GAR NICHTS MEHR...

HIER SIND SCHON ALLE AUF DER FLUCHT!

NICHT DRÄNGELN!

SCHNELL, KOMMT MIT ZUM SCHROTT-PLATZ! ICH WEISS JETZT, WIE WIR PILS RETTEN KÖNNEN!

ICH...ÄH... DENKE, WIR SOLLTEN AUCH AUF EINES DER SCHIFFE...

NICHTS DA! ZUERST MUSS UNSER RO-BOTER IN SICHERHEIT!

ICH HAB'S NICHT SO GEMEINT, PILS...

WIR MÜSSEN IHN IN EINE UMLAUF-BAHN SCHIESSEN, DORT KANN IHM NICHTS PASSIEREN!

Grummel

BASTLE IRGEND-WAS, WAS IHN ABHEBEN LÄSST! ENERGIE DAZU HAT ER JA GE-NUG IN SICH!

DU HAST RECHT. ICH KÖNNTE EINEN KRISTALL-WANDLER AN SEINEN BOOSTER KOPPELN...

ICH RECHNE SCHON MAL ENERGIEAUFWAND UND EINE GUTE UMLAUFBAHN AUS!

DAS LETZTE SCHIFF LÄUFT BALD AUS. WIR MÜSSEN UNS BEEILEN!

ICH HAB'S, FRED! ICH MUSS 24.000 METER HOCH. DANN BLEIBE ICH ACHT STUNDEN IM ORBIT, BIS ICH WIEDER RUNTERFALLE!

SO, FERTIG...

DAS REICHT! WENN DU WIEDER UNTEN BIST, KANNST DU UNS LEICHT ORTEN!

OKAY, GEHT IN DECKUNG! ICH LENKE JETZT ALLE ENERGIE IN DEN BOOSTER!

BR M

WÜNSCH IHM GLÜCK!

UND JETZT SCHNELL AUF EIN SCHIFF!

21

VICO! VICO! VICO!

VERFLIXT UND ZUGENÄHT!

?!

VICO! BIN ICH FROH, DASS ES DICH NOCH GIBT! ICH DACHTE SCHON, DU HÄTTEST OHNE MICH DAS ZEIT- LICHE GESEGNET!

FRED!

WEISST DU, WO WIR HIER SIND?

KEINE AHNUNG! ABER ES SCHEINT EINE INSEL ZU SEIN!

IMMERHIN GIBT'S HIER WAS ZU SPACHTELN...

TROTZDEM WIRD ES ZIEMLICH LANGWEILIG WERDEN. KEIN FERN- SEHEN, KEINE COMICS ODER VIDEO-SPIELE...

RICHTEN WIR UNS ALSO AUF EINEN LÄNGEREN AUFENTHALT EIN!

24

DREI MONATE SPÄTER...

Pip Pip Pip Pip

NUN HETZ MICH NICHT SO! DAS IST NICHT EINFACH, EIN FUNK-GERÄT AUS HOLZ IN GANG ZU SETZEN!

NA JA...STROM HABEN WIR DOCH, ODER?

ABER ER REICHT ANSCHEINEND NICHT AUS, UM PILS ANZUPEILEN!

PIP PIP PIP

ES KLAPPT!! DU HAST KONTAKT MIT IHM!

?

EIN WUNDER! DU BIST EIN GENIE, VICO! ICH HABE ES SCHON IMMER GEWUSST!

PIP

DU SOLLTEST DEN KLEINEN TAXIMONTEUR NICHT ZU SEHR LOBEN...

PILS!

!

SCHÖN, DICH HEIL WIEDER-ZUSEHEN!

ES WAR ZIEMLICH SCHWIERIG, ÜBER DAS WASSER ZU EUCH ZU FINDEN!

ABER FÜR EINEN SO AUSSERGE-WÖHNLICHEN ROBOTER WIE DICH IST NATÜR-LICH NICHTS UNMÖGLICH!

DU SAGST ES!

JETZT, WO DU DA BIST, KÖNNEN WIR ENDLICH VON DIESER INSEL VER-SCHWINDEN!

UND WIE DAS?

WIR HABEN DAFÜR EIN FLOSS GEBAUT. WAS UNS FEHLTE, WARST DU, UM UNS BEI DER NAVIGATION ZU HELFEN UND ENERGIE ZU LIEFERN!

LAß DAS, PILS!

HIER IST ES!

SIEHT GUT AUS!

UND ES SCHWIMMT SOGAR!

HAST DU AN MEINEN FÄHIGKEITEN ALS SCHIFFS-BAUER GEZWEIFELT?

ÜBRIGENS, DIE NAZATEKER HABEN SICH SÜDLICH VON HIER NIEDERGELASSEN. NACH MEINEN BERECHNUNGEN KÖNNEN WIR IN DREI TAGEN DORT SEIN!

WIR VERDRÜCKEN UNS BESSER!

GANZ DEINER MEINUNG!

WAS IST DENN HIER LOS?

ES SIND HARTE ZEITEN FREMDER!

EINE HANDVOLL MÄNNER TYRANNISIERT UNS BIS AUFS BLUT!

DIE KERLE HATTEN VON ANFANG AN GOLD UND WAFFEN UND HABEN SCHNELL DIE MACHT AN SICH GERISSEN!

WIE WAR DAS MÖGLICH?

KEINE AHNUNG! DABEI WAREN DAS FRÜHER RECHT NETTE JUNGS...

ALTEISEN-HÄNDLER WISST IHR!

!!!

JETZT DÄMMERT'S MIR! DESHALB HABEN DIE UNSER TAXI ENTFÜHRT! UM SICH IM WELTRAUM VOR DEM UNTERGANG IN SICHERHEIT ZU BRINGEN!

TAXI?

WELT-RAUM?

JETZT WISSEN WIR WENIGSTENS, WO WIR UNSER TAXI SUCHEN MÜSSEN!

DIESE GANGSTER HABEN MIT IHREM GOLD ÜBER DER STADT EINE FESTUNG BAUEN LASSEN. DA KOMMT KEINER AN SIE RAN!

WIR WERDEN'S TROTZDEM VERSUCHEN!

TJA, DA BIN ICH DABEI!

UND ICH AUCH.!! IHR KÖNNT EINEN ERFAHRENEN ATTENTÄTER UND TERRORISTEN BRAUCHEN. ICH WOLLTE ZWAR IN DIESEM LEBEN ALS ROSENZÜCHTER EINE RUHIGE KUGEL SCHIEBEN...

LOS, STELLT SIE ALLE AN DIE WAND!!

ALSO, NOCH MAL... WAREN HIER EIN PAAR FLÜCHTENDE MÄNNER?

ABER KLAR! ICH HATTE NUR DIE FRAGE NICHT VERSTANDEN!

JA!

DIE SIND DA REINGERANNT!

SOLLEN WIR SIE EUCH BESCHREIBEN?

DANN SITZEN SIE IN DER FALLE! BRINGEN WIR DEN STOLLEN ZUM EINSTURZ!

WAS WAR DAS?

WAM!

EINE EXPLOSION AM STOLLEN, EUER DURCHLAUCHT!

RUF ALLE WACHEN ZUSAMMEN! SICHER SIND DIESE FREMDEN IN DER NÄHE!

WIRD GEMACHT!

HIER SIND WIR WIEDER, Q-TIP...äh... EUER KÖNIGLICHE HOHEIT!

WIR HABEN DIE FREMDEN IN DER FALLE!

AUF DIE KNIE, UNWÜRDIGER! DU STEHST VOR DEM KÖNIG!

LOS, ERZÄHL!

WARUM MUSS DIESES HÄSSLICHE WESEN IMMER HIER SEIN?

MACH SCHON!

WOHER KOMMT DER EIGENTLICH?

NUN,...äh...SIE SIND IM STOLLEN UNTER DER BURG EINGESCHLOSSEN. SIE MÜSSEN ALSO DIE TREPPE HOCHKOMMEN!

DIE SIND UNS EINFACH ÜBER!!

ICH FÜRCHTE, DA IST EIN ALTER FREUND VON UNS IM SPIEL...

DER WECHSLER!

Ahh!

BAM

PUUHH, DAS WAR KNAPP!

SCHADENS-MELDUNG...

HALB SO SCHLIMM...WIR HABEN NUR DIE STABILI-SIERUNGSDÜSE VERLOREN, DER REST IST NOCH IN ORDNUNG!

MANN, DAS IST JA EIN' GEFÄHRT!! KÖNNT IHR EINE SOLCHE LANDUNG NOCH MAL MACHEN?

STÖHN... BESSER NICHT!

AM BESTEN VERSTECKEN WIR DIE KISTE ERST MAL UND ÜBERPRÜFEN SIE!

HIER IST EIN SCHUPPEN!

VICO, DU BLEIBST DA UND FLICKST DAS NÖTIGSTE! ICH SEHE MICH SOLANGE IN DER STADT UM!

35

HALLO, MAJESTÄT!

DA SEID IHR JA, HOHEIT! ICH SOLL EUCH SICHER IN DIE BURG ZURÜCK- BRINGEN!

ICH VERSTEHE... ICH BIN JA GAR NICHT ICH - ICH MEINE, DER WECHSLER SITZT NOCH IN MEINEM KÖRPER!

HAST DU...ÄH... DIESEN FRED FLAMINGO GESEHEN?

DIESEN EINFÄLTIGEN HÄSSLICHEN AUSSER- IRDISCHEN MIT DER KINDISCHEN HAARLOCKE?

ÄH... ÖH... JA, GENAU DEN!

WENN ES NACH MIR GINGE, MÜSSTE MAN IHN FÜNFTEILEN UND OBENDREIN ABFACKELN!

NEIN, DAS VERBIETE ICH! BEHANDELT DIE GEFAN- GENEN GUT!!

SO...SO KENNE ICH EUCH JA GAR NICHT!

NUN JA...ÄHM...ICH HAB' MEINE MEI- NUNG EBEN GE- ÄNDERT!

WIE IHR MEINT! ER SITZT JEDEN- FALLS HINTER GITTERN UND WILL EUCH SPRECHEN!

SEHR GUT! DANN KANN ICH MIR JA DEN KERL VOR- KNÖPFEN!

WENN ICH DIESEN FRED NICHT FINDE, KOMME ICH NIE WIEDER AN DIE MACHT! ICH MUSS IHN ALSO SELBST SUCHEN... UND ICH WEISS AUCH SCHON, WIE ICH DAS MACHE!

41

VIELLEICHT HATTE DER WEISE RECHT, UND DIE DINGE REGELN SICH DOCH IRGENDWIE VON ALLEINE!

AB NACH HAUSE! ICH HABE GENUG VON DIESEM VERRÜCKTEN PLANETEN!

DONG PAF

CHECK ALLES GENAU DURCH, PILS!

DENK DARAN, DASS WIR NOCH EINEN KLEINEN UMWEG MACHEN MÜSSEN, UM DIE KAPSEL VOM PROFESSOR AUSZUSETZEN!

UND SCHON BALD...

WIR SIND DA!

NICHT GERADE ANHEIMELND DIESER PLANET!

TAXI

WAS DACHTEST DU? HIER GIBT'S JA NOCH KEIN LEBEN!

HOFFENTLICH ENTSTEHT NICHT SO EINES WIE AUF NAZATEK... ODER AUF DER ERDE!

KOPPLE DAS GERÄT VOM PROFESSOR AUS! WIR SCHIESSEN ES GLEICH AUS DEM KOFFERRAUM AB!

AUFTRAG AUSGEFÜHRT!

CLAC

DAS GERÄT SUCHT SICH EINEN GEEIGNETEN ORT, UM DIE ERSTE ZELLE AUSZUSTOSSEN, SOBALD ALLE UMWELTBEDINGUNGEN OPTIMAL SIND!

UNTER UMSTÄNDEN KANN DAS NOCH JAHRTAUSENDE DAUERN. ABER IRGENDWANN, IN MILLIONEN VON JAHREN, WIRD HIER LEBEN SEIN!

UND WIR -SCHLUCK- SIND VERANTWORTLICH DAFÜR!

SAG MAL, WAS IST EIGENTLICH AUS DIESEM WECHSLER GEWORDEN?

KEINE AHNUNG! SICHER WIRD ER SICH WIEDER IN IRGENDEINEM FREMDEN KÖRPER EINGENISTET HABEN!

ABER DAS IST NICHT MEHR UNSER PROBLEM! ICH WILL JETZT NUR NOCH EINS...AB NACH HAUSE!

EIN GUTES VERSTECK! HÄHÄHÄ! SOBALD EIN LEBEWESEN DAS GERÄT ÖFFNET, HABE ICH SICHTKONTAKT UND WECHSLE AUS DIESER MICKRIGEN ZELLE ÜBER!

HOFFENTLICH KOMMT BALD JEMAND! MIR WIRD'S HIER ZIEMLICH LANGWEILIG!

46

WAS HEISST ZIEMLICH? SEHR LANGWEILIG SOGAR...

48